Para Jimena

Dirección editorial
Ana Laura Delgado

Cuidado de la edición
Sonia Zenteno

Revisión del texto
Ana María Carbonell

Diseño
Ana Laura Delgado
Isa Yolanda Rodriguez

© 2009. Francisco Hinojosa, por el texto
© 2009. Manuel Monroy, por las ilustraciones

Primera edición, agosto 2009
Primera reimpresión, septiembre 2011
D.R. © 2009.   Ediciones El Naranjo, S. A. de C. V.
                 Cerrada Nicolás Bravo núm. 21-1,
                 Col. San Jerónimo Lídice, 10200, México, D. F.
                 Tel/fax + 52 (55) 56 52 1974
                 elnaranjo@edicioneselnaranjo.com.mx
                 www.edicioneselnaranjo.com.mx

ISBN 978-607-7661-10-8

Impreso en México • *Printed in Mexico*

UN PUEBLO LLENO DE BESTIAS

se imprimió en el mes de septiembre de 2011, en los talleres de Offset Rebosán,
con domicilio en Acueducto núm. 115, Col. Huipulco, C. P. 14370, México, D. F. •
En su composición tipográfica se utilizó la familia ITC Leawood • Se imprimieron
2 000 ejemplares en papel couché mate de 150 gramos con encuadernación en cartoné
• El cuidado de la impresión estuvo a cargo de Manuel Monroy y Ana Laura Delgado.

UN PUEBLO LLENO DE BESTIAS

Francisco Hinojosa

Manuel Monroy
Ilustración

ediciones
el naranjo

En un lugar llamado Cerro Viejo había un niño de ocho años que era el único niño del pueblo. Allí sólo vivían señores y señoras, viejitos y viejitas, vendedores de frutas y compradores de frutas, cinco vagos, cuatro policías, tres ladrones, dos taxistas y un cartero. También había algunos cuantos jóvenes de dieciocho años o más y otros tantos bebés.

Como Cerro Viejo era un pueblo sin niños, no existían escuelas, ni columpios, ni cines que exhibieran películas para esas edades, ni jugueterías, ni vendedores de paletas heladas o algodones de azúcar. Tampoco tenía fuentes, zoológicos, parques para patinar, montañas rusas, dulcerías, toboganes o tiendas de magia.

Como quien dice, Cerro Viejo era un pueblo muy serio. Los señores hablaban de negocios, las señoras iban a misa y los tres rateros se las ingeniaban para robar cualquier cosa, para que así los cuatro policías pudieran dedicarse a perseguirlos.

Los papás de Leobardo, como se llamaba el niño, no le hacían fiestas en sus cumpleaños porque, según le contaban, no había otros niños a quiénes invitar. Y además porque no existía en el pueblo alguien que fabricara piñatas y globos o hiciera pasteles y velitas. Ni siquiera podían regalarle un cochecito o una bicicleta o un ejército de soldaditos de plomo, ya que esos juguetes hacía mucho que no se vendían en el lugar.

Por si fuera poco, Leobardo no tenía permiso de salir a la calle. Se la pasaba de un lado al otro de la casa: del sótano a su recámara, de la cocina a la sala, del baño al jardín y del comedor al patio. Aunque sus papás se lo tenían prohibido, a veces iba a la azotea, se escondía detrás de un bote de basura y se dedicaba a mirar hacia la avenida y la plaza para comprobar con sus propios ojos que, en efecto, no había más niños como él en el pueblo.

Se sentía tan solo que llegó a pensar que era un niño invisible, ya que nadie se fijaba en él: ni sus papás, ni sus diecisiete tías, ni sus cuatro abuelos, ni el peluquero. Ni siquiera el dentista, que se asombraba siempre de su buena dentadura, aunque era incapaz de dirigirle la palabra o llamarlo por su nombre. Claro, Leobardo no comía dulces ni masticaba chicles. Es más: nunca en su vida había escuchado palabras como "chocolate", "miel" o "caramelo". Sólo conocía la existencia del azúcar porque su papá le ponía un poco a su café.

Los adultos nunca respondían a sus preguntas:

—¿Y por qué no hay aquí más niños como yo?

—Deja de hacer preguntas tontas —le contestaban nerviosos—, y no hables tan fuerte porque te pueden oír.

—¿Quién me va a oír?

—Deja de hacer preguntas tontas.

—¿Cómo se juega al trompo? —cuestionaba a su abuelo cuando lo oía presumir que él había sido campeón en su infancia.

—No te metas en las conversaciones de los mayores —le respondía su madre y lo mandaba a dormir, aunque fueran las cinco de la tarde.

Leobardo, pues, vivía triste y solitario, sin amigos con quienes hacer pasteles de lodo o treparse a un árbol o jugar a las escondidas. Tampoco sabía hacer travesuras que enojaran a los grandes. En realidad, lo único que disfrutaba en la vida era leer cuentos en los que sí había niños.

Hasta que un día decidió abandonar ese pueblo tan aburrido e irse a
buscar cosas más divertidas, como las que había leído en tantos libros de
aventuras. Puso una muda de ropa en un pañuelo, lo ató a una vara larga,
se la colgó al hombro y, sin que nadie se diera cuenta, salió una mañana
de Cerro Viejo. Tomó una canoa que estaba varada y la echó al agua. No
tuvo necesidad de remar, pues la corriente se la fue llevando lentamente,
suavemente, corriente abajo. Al cabo de una hora de navegación se quedó
dormido.

Al despertar, lo primero que vio fue una multitud de ojos —diecisiete para ser exactos— que lo miraban fijamente.

—¿Y ustedes quiénes son? —preguntó Leobardo asustado y restregándose los ojos.

—Somos piratas —respondió entre risas un niño que llevaba un parche en un ojo.

—¿Y tú quién eres? —le preguntó una niña de trenzas.

—Leobardo, me llamo Leobardo —alguien soltó una carcajada—, y soy de Cerro Viejo... Huí de allí porque es un lugar aburrido y..., con decirles que no hay más niños...

Los nueve se miraron entre sí hasta que el disfrazado de pirata dijo:

—Puedes venir con nosotros. A todos nos sucedió exactamente lo mismo que a ti: alguna vez también fuimos los únicos niños de Cerro Viejo.

Leobardo se puso al hombro su atado de ropa y tomó su lugar en la fila india.

Se sentía tan extraño al estar rodeado por gente más o menos de su edad, que no pudo decir nada durante el trayecto.

Después de una larga caminata llegaron a un pueblo habitado únicamente por niños. Le dijeron que se llamaba Tierra Dulce.

Al llegar a la calle principal, se quedó asombrado de ver que en el lugar sólo había gente que medía apenas un poco más que un metro de altura. Todos jugaban de un lado al otro, se mecían en columpios de colores, volaban papalotes y hacían grandes círculos para cantar canciones que él no conocía.

Por ningún lado pudo ver señores, tías, viejitos, dentistas o ladrones. No había policías que cuidaran las calles ni coches que las recorrieran. Tampoco puestos de periódicos, carpinterías, semáforos o restaurantes. Era un pueblo totalmente opuesto a Cerro Viejo: allí sólo se oían las risas y los gritos de los niños.

Pasaron como tres semanas.

En ese tiempo Leobardo aprendió a jugar a las canicas, a treparse en los árboles, a meter goles, a reír, a cantar y a bailar. Comía, al igual que todos, las frutas y las verduras que se daban en árboles y plantas de los alrededores. Y participaba cada dos días en el grupo de niños encargado de ir a pescar.

"Vivir en un pueblo de niños —pensaba— es mucho mejor que estar encerrado en una casa."

Y la verdad todo iba muy bien hasta que un día, quién sabe cómo y por qué, llegaron hasta allí los papás de todos los niños. Lanzaron furiosos gritos al cielo, prendieron de las orejas a sus hijos y los regresaron, entre regaños y largos sermones, a Cerro Viejo para recluirlos de nuevo en sus propias casas. En un abrir y cerrar de ojos, Tierra Dulce se quedó vacía y silenciosa.

En el camino, Leobardo le preguntó a sus papás por qué no le dijeron que antes había más niños en el pueblo y por qué no lo dejaban juntarse con ellos para jugar a las canicas, cantar y comer chocolates.

—En el pueblo está estrictamente prohibido salir a la calle con los niños. Si el alcalde se entera de que alguien saca a pasear a su hijo podría meterlo a la cárcel y luego darle cran —y su papá se pasó el dedo índice por el cuello.

—¿Y por qué está prohibido?

—Deja de hacer preguntas inútiles. Está prohibido porque está prohibido y punto.

Al regresar a su casa lo encerraron en su cuarto con llave. Sólo tenía permiso de pasar al baño y de ir tres veces al día al comedor. A veces escuchaba cómo sus padres y sus abuelos hablaban acerca de su castigo, y también de la suerte que habían tenido al no ser descubiertos por el alcalde.

Y así corrieron aburridamente los meses en Cerro Viejo, con los niños recluidos en sus casas. La tranquilidad de las calles y las plazas sólo se veía rota cuando alguno de los policías perseguía a uno de los ladrones del pueblo. Con el paso del tiempo, Leobardo —así como muchos de los niños que había conocido en Tierra Dulce— dejó de estar castigado y se le permitió circular libremente por su casa, siempre y cuando no saliera de ella.

Hasta que un buen día, más bien una buena noche, Leobardo salió a la azotea para tomar un poco de aire fresco y asomarse hacia la calle. Entonces escuchó que alguien lo llamaba por su nombre. Como todo estaba oscuro, no supo de dónde provenía la voz.

—¡Por acá, Leobardo! ¡En el árbol!

Fue entonces cuando descubrió al niño que se disfrazaba de pirata.

—No puedo hablar mucho contigo. Así es que te voy a lanzar una lata de refresco que tiene un mensaje adentro.

Y el niño arrojó con todas sus fuerzas la lata, que Leobardo atrapó con muy buenos reflejos.

El mensaje decía: "El domingo por la noche, a las ocho, cuando nuestros papás estén cantándole al ridículo alcalde —como lo hacen todos los domingos—, nos vamos a reunir en el muelle del río para hacer planes. No faltes". Y lo firmaba "Francis, el Pirata".

El jueves, el viernes, el sábado y una buena parte del domingo, Leobardo se la pasó soñando despierto en volver al pueblo donde podía jugar con sus amigos, aunque sabía que sería difícil ya que los papás de todos habían descubierto la existencia de Tierra Dulce.

La otra posibilidad era buscar un lugar distinto para volver a fundar su propio pueblo.

Durante esos cuatro días se dedicó a aprender —sin que nadie le enseñara y a escondidas de sus papás— cómo se bailaba el trompo que su abuelo guardaba en el ropero. Y en poco tiempo logró adquirir la habilidad que se necesita para lanzarlo y hacerlo girar sobre una moneda.

El domingo, veinticinco niños con cuarenta y nueve ojos llegaron puntuales a la cita en el muelle. El pirata Francis habló:

—Ese maldito alcalde no deja que nuestros papás nos saquen a pasear por el pueblo sólo porque no le gustan los niños. Si lo hacen los tiene amenazados con meterlos a la cárcel y darles cran.

—¡Yo creo que hay que darle una lección! —dijo Marcelino.

Los ánimos empezaron a encenderse. Las más grandes del grupo, Antunia y Margarita, gritaron a coro:

—¡Vamos a pellizcarle los ojos! —que era por cierto uno de los castigos favoritos con el que amenazaban a quienes no les permitían jugar en paz a las muñecas.

—¡Hay que clavarle unas diez canicas en la panza! —sugirió el Greñas, que era uno de los más chiquitos y con mejor puntería.

—¡Vamos a encerrarlo en la cárcel! —gritó una niña llamada Flor de Jazmín.

Al poco rato todos estaban dispuestos a mostrar sus mejores habilidades en el combate. Aunque Leobardo no dijo nada, guardaba su trompo entre las manos como si fuera un arma mortal.

Ya decididos a declarar la guerra, los veinticinco niños —guiados por la linterna de Francis, el Pirata— comprobaron que, como todos los domingos, los adultos del pueblo ya habían terminado de cantar y regresaban a sus hogares. Con precaución, para no ser descubiertos, se dirigieron hacia la casa del alcalde. La primera en saltar la barda fue Cristinita, porque ella sabía bien cómo mantener en calma a los cuatro perros que cuidaban la mansión. En cuanto los tuvo controlados, hizo una seña a los demás para que entraran.

Todo estaba oscuro y en silencio. Por una ventana abierta de la cocina, los niños se metieron uno a uno y luego se dirigieron a la sala. Cuando todos estaban allí, vieron una lucecita que salía por la parte inferior de la puerta de una habitación. Francis la señaló con el dedo para que supieran que había que guardar silencio. Sin embargo, en ese momento alguien tropezó y fue a dar al piso. En su caída le pegó a una lámpara, que a su vez se estrelló contra una mesa de vidrio.

"¿Quién anda allí? —se oyó un grito desde el interior del cuarto que dejó a todos congelados— ¿Quién anda allí? —se volvió a escuchar."

Pasados unos segundos abrió la puerta el alcalde. Su facha asustó aún más a los niños: llevaba una bata azul ya muy vieja y rota, el pelo en desorden y unas pantuflas desgastadas. Tenía los cachetes gordos y rojos, las orejas casi del tamaño de su cara y los dientes tan sucios y amarillos que parecía que nunca se los había cepillado. En cuanto abrió la puerta salió con él un espantoso olor, como a basurero público. En una mano llevaba un martillo y en la otra una raqueta de tenis.

Al mismo tiempo, todos los niños dieron un grito de terror.

"¡Niños! —rugió el viejo panzón que gobernaba Cerro Viejo en cuanto miró hacia su alrededor—. ¡Niños! —volvió a gritar—. ¡Largo de aquí! En cuanto me entere de quiénes son esos padres tan desobligados que los dejaron salir a la calle los voy a ahorcar. ¿Me entendieron? ¡Los voy a ahorcar! Y luego los voy a meter a la cárcel. ¿Oyeron?"

Tres canicas salieron disparadas una tras otra, una hacia un pie, otra
hacia la oreja izquierda y la tercera hacia la rodilla derecha. El Greñas
había salido al frente para atacarlo. Después, un balonazo le pegó en la
barbilla y una piedra diminuta, lanzada por una resortera, le dio con fuerza
en el ombligo.

El alcalde se quejó con cada uno de los golpes y soltó el martillo y la
raqueta.

—¡Al ataque! —gritó Francis.

—¡Esto es la guerra! —le siguió Leobardo.

Veinticinco niños se fueron con todas las armas que tenían contra el
alcalde, que al ver la furia de sus atacantes trató de regresar a su cuarto
y encerrarse en él. Sin embargo, el pequeño ejército de los hijos únicos
de Cerro Viejo lo derribó antes de que llegara. Por más que trataba de
arrastrarse hasta su habitación, más lo regresaban al centro de la sala
para que allí todos pudieran desquitar en él su coraje. Mientras el Greñas
le sostenía con fuerza los pies y Clarita las manos, Vicente le disparaba con
su pistola de agua. Al mismo tiempo, Margarita y Antunia le pellizcaban
los cachetes y las orejas.

Cuando el alcalde, en vez de seguir amenazándolos a ellos y a sus papás, empezó a suplicar que lo soltaran con lágrimas en los ojos, Francis llegó con una cuerda que había encontrado en la casa y, con la ayuda de Marcelino y Leobardo, lo amarraron con fuerza. Con muchas dificultades, entre todos arrastraron al alcalde fuera de su casa.

Esa misma noche, tumbado sobre la plaza y atado de pies y manos, el alcalde pedía que lo liberaran de los niños. La gente del pueblo empezó a llegar poco a poco al lugar.

—¡Auxilio! ¡Quítenme a estas bestias de encima!

El peluquero, el dueño de la pizzería El Camaleón y uno de los tres raeteros del pueblo querían ayudarlo. Sin embargo, las resorteras, las canicas y los balones que los niños estaban dispuestos a disparar contra el que se acercara los hizo echar marcha atrás. Los papás de los veinticinco niños trataron al principio de ordenarles que dejaran en paz a la máxima autoridad del pueblo, pero los vieron tan decididos a defenderse que en poco tiempo se convencieron de que ellos tenían la razón.

—¡Hay que encerrarlo! —gritó Francis.

El viejo panzón fue trasladado a la cárcel y todo Cerro Viejo lo celebró, una semana después, construyendo un gran tobogán para que sus hijos se divirtieran. El nuevo alcalde se comprometió a mantener al preso tras las rejas y no dejarlo salir ni para tomar el sol.

Una sola vez trató de escapar de la cárcel. Construyó un largo túnel que lo llevaba desde su celda hasta el muelle del río. Pero resultó también que ese día Leobardo hacía sus prácticas. En cuanto vio que emergía de la tierra su cabeza calva, hizo bailar su trompo sobre ella con todas sus fuerzas.